# Farcis

# Farcis

**Martine Lizambard**

Photographies Alexandra Duca

Stylisme Sandra Mahut

SOLAR ÉDITIONS

Si vous souhaitez recevoir notre catalogue et être tenu au courant
de nos publications, envoyez-nous vos nom et adresse,
en citant ce livre et en précisant les domaines qui vous intéressent.

**Éditions SOLAR**
**12, avenue d'Italie**
**75013 Paris**

**www.solar.fr**

Sandra Mahut remercie les magasins suivants pour leur prêt de vaisselle et accessoires :
- A&M, 6 rue Minage, 17000 La Rochelle
- Astier de Villate, 99 rue du Bac, 75007 Paris
- Bois et Chiffons, 143 rue Émile Normandin, 17000 La Rochelle
- Casa, centre commercial Beaulieu, 17000 La Rochelle
- Jeannine Cros, pour ses linges teints à l'ancienne, 11 rue d'Assas, 75006 Paris
- La paresse en Douce, 96 rue du bac, 75007 Paris
- Maisons du Monde, 17000 La Rochelle

La styliste remercie également Hélène Duca pour son aide précieuse
et M. Pannetier du marché de La Rochelle.

Responsables éditoriales :
Véronique Chanson et Corinne Cesano
Édition : Delphine Depras et Aurélie Aminian
Mise en pages : Chantal Guézet, Encre Blanche
Photo de couverture : Jean Bono et Emmanuel Renault
Photogravure : Point 4


ISBN : 978-2-263-04577-6
Code éditeur : S04577/02
Dépôt légal : janvier 2008
Imprimé en France par Pollina - L56966
Suite du deuxième tirage

# Sommaire

# Introduction

Entrées ou plats complets, rustiques ou sophistiqués, sucrés ou salés, les farcis se déclinent sous toutes les formes. On en trouve dans toutes les cuisines, des lökdolmars du Grand Nord, recette populaire suédoise d'oignons farcis, aux innombrables dolmas, les légumes farcis du Proche-Orient, du traditionnel chou farci de nos campagnes à tous les ravioli et cannelloni de nos voisins italiens.

À l'origine destinés à enrichir les plats moins copieux telle une volaille pour une table nombreuse, à transformer de simples légumes en plats complets ou tout simplement à bien utiliser les restes, les farcis sont aujourd'hui des recettes à part entière, à l'image des célèbres petits farcis provençaux, qui suffisent seuls à un repas.

Quelle que soit la manière dont ils sont préparés, les farcis réunissent plusieurs aliments de saveurs et de textures différentes, et permettent de réaliser d'intéressantes associations de goût.

Viandes, poissons et coquillages, crustacés et mollusques, légumes et fruits, on peut tout farcir, même les œufs. Les trente recettes de ce livre vous donneront un aperçu des nombreuses possibilités de ce mode de préparation, qui s'adapte avec bonheur à toutes les circonstances de la table.

# Printemps

# Œufs verts

**POUR 4 PERSONNES**

**4 gros œufs**

**80 g de purée d'épinards (maison ou surgelée)**

**1 cuill. à soupe de pignons**

**1 cuill. à soupe de raisins secs**

**3 cuill. à soupe d'huile d'olive**

**4 feuilles bien creuses de cœur de laitue**

**Sel et poivre du moulin**

Vous pouvez aussi couper les œufs en deux dans la longueur et les farcir comme des œufs mimosa. Mais cette présentation, qui redonne à l'œuf sa forme initiale, est plus originale.

**1** Faites tremper les raisins pendant 30 minutes dans un bol d'eau très chaude. Égouttez-les, séchez-les, puis hachez-les sommairement. Concassez grossièrement les pignons.

**2** Faites durcir les œufs 10 minutes à l'eau bouillante. Refroidissez-les, puis écalez-les. Taillez un petit morceau de blanc sur le bout le plus large, de façon à ce qu'ils puissent tenir debout. Coupez ensuite plus largement l'extrémité allongée pour faire un couvercle. Retirez délicatement les jaunes.

**3** Écrasez les jaunes dans un bol, puis malaxez-les à la fourchette avec la purée d'épinards et l'huile d'olive, jusqu'à l'obtention d'une pâte homogène. Salez, poivrez, ajoutez les pignons et les raisins, et mélangez bien.

**4** Remplissez les œufs de cette préparation et présentez-les debout sur les feuilles de salade.

# Concombre farci au crabe

**POUR 4 PERSONNES**

**2 petits concombres**

**200 g de chair de crabe**

**2 cuill. à soupe de mayonnaise**

**1 cuill. à soupe de crème fraîche**

**1/2 cuill. à café de paprika**

**1 pointe de cayenne**

**1 cuill. à soupe de ciboulette ciselée**

**Sel**

Ces bouchées délicates conviendront aussi bien en amuse-bouche qu'en entrée ou sur un buffet. Adaptez la quantité à la circonstance.

**1** Choisissez des concombres bien droits, de section uniforme. Lavez-les et essuyez-les soigneusement. Coupez largement les extrémités pour obtenir un cylindre régulier, puis épluchez-les ou tracez simplement des bandes sur la peau avec un couteau économe. Coupez-les en rondelles de 3 cm d'épaisseur environ. Creusez l'intérieur de chaque morceau avec une cuillère parisienne, salez légèrement, puis retournez les rondelles au fur et à mesure sur une grille.

**2** Préparez la garniture : égouttez la chair de crabe. Émiettez-la dans un bol en retirant soigneusement tous les petits cartilages. Ajoutez la mayonnaise, la crème fraîche, le paprika, du sel et une pointe de cayenne, puis mélangez bien.

**3** Garnissez les rondelles de concombre de la garniture en formant un petit dôme. Rangez-les au fur et à mesure sur un plat et mettez-les au réfrigérateur. Au moment de servir, parsemez la surface de ciboulette ciselée.

# Cannelloni de poireaux aux petits légumes

Une garniture de légumes originale, à servir en accompagnement d'une viande blanche ou d'une volaille rôtie. Pour faire de ces poireaux un plat à part entière, remplacez la moitié des légumes par du boulghour ou du jambon cru haché.

**POUR 4 PERSONNES**

**8 blancs de poireaux**

**1 gros oignon**

**200 g de potiron**

**150 g de céleri**

**2 carottes**

**30 g de beurre + 15 g pour le plat**

**4 cuill. à soupe de crème fraîche**

**1 grosse pincée de noix muscade**

**Sel et poivre du moulin**

**1** Lavez les poireaux à l'eau fraîche sans les fendre. Dans chaque blanc, coupez 2 tronçons de 7 cm de long environ. Faites-les cuire 10 minutes à la vapeur ou à l'eau bouillante légèrement salée, puis égouttez-les. Laissez tiédir pour pouvoir les manipuler.

**2** Enlevez le cœur des tronçons de poireaux en le poussant doucement à une extrémité avec le doigt, pour obtenir des cylindres ressemblant à des cannelloni. Conservez l'intérieur et hachez-le finement. Pelez l'oignon, les carottes, le potiron et le céleri. Coupez-les en très petits dés.

**3** Faites revenir tous les légumes hachés à feu doux avec le beurre pendant 8 à 10 minutes, en remuant souvent, jusqu'à ce qu'ils soient tendres sans s'écraser. Retirez du feu, salez, poivrez, ajoutez la crème fraîche et la noix muscade, et mélangez.

**4** Préchauffez le four à 180 °C (th. 6) et beurrez largement un plat à gratin. Emplissez les cylindres de poireaux de petits légumes et rangez-les au fur et à mesure dans le plat. Couvrez de papier d'aluminium, enfournez et faites cuire 15 minutes environ. Servez à la sortie du four, dans le plat de cuisson.

# Navets surprise

**POUR 4 PERSONNES**

**1 kg de petits navets nouveaux (3 par personne)**

**400 g de champignons de Paris**

**1 cuill. à soupe d'huile**

**2 cuill. à soupe de miel**

**4 cuill. à soupe de crème fraîche**

**1 cuill. à café de curry**

**1 cuill. à soupe de coriandre ou de persil ciselés**

**Sel et poivre du moulin**

Une entrée délicatement épicée, à réaliser de préférence avec des petits navets nouveaux. Vous pouvez les cuire entiers et les creuser ensuite, en prolongeant le temps de cuisson de 4 à 5 minutes.

**1** Choisissez des navets bien ronds et de même taille. Pelez-les et rincez-les. Creusez-les à l'aide d'une cuillère parisienne, en laissant une épaisseur régulière sur le fond et les bords.

**2** Nettoyez les champignons et hachez-les grossièrement. Faites-les revenir à feu vif avec l'huile, en les salant légèrement, jusqu'à ce que toute l'eau de végétation soit évaporée. Laissez refroidir.

**3** Mettez les navets dans une casserole, ajoutez le miel et une grosse pincée de sel, puis couvrez-les d'eau. Portez à petite ébullition et faites cuire 6 à 8 minutes, jusqu'à ce qu'ils soient juste tendres. Égouttez-les et laissez-les refroidir.

**4** Mélangez les champignons, la crème fraîche et le curry dans un petit saladier. Goûtez, rectifiez l'assaisonnement en sel et en poivre, puis remplissez les navets de ce mélange, en formant un petit dôme. Rangez les navets au fur et à mesure sur un plat, et mettez-les au réfrigérateur. Parsemez de coriandre ou de persil ciselés au moment de servir.

# Courgettes à l'italienne

**POUR 4 PERSONNES**

**8 petites courgettes**

**10 cl de lait**

**1 tranche de pain de mie**

**2 jaunes d'œufs**

**4 cuill. à soupe de parmesan fraîchement râpé**

**2 cuill. à soupe d'amandes en poudre**

**2 cuill. à soupe de persil plat ciselé**

**6 cuill. à soupe d'huile d'olive**

**Sel**

Ces courgettes sont aussi bonnes froides que chaudes : vous pouvez aussi bien les préparer à l'avance pour un repas estival que les servir en entrée chaude.

**1** Retirez la croûte du pain et mettez la mie à tremper dans le lait.

**2** Rincez les courgettes à l'eau fraîche, puis essuyez-les avec du papier absorbant. Supprimez les extrémités et coupez-les en deux dans la longueur. Creusez-les à l'aide d'une cuillère parisienne ou d'une petite cuillère, en laissant une épaisseur régulière de 2 à 3 mm de chair. Récupérez la pulpe et hachez-la finement au couteau.

**3** Préchauffez le four à 150 °C (th. 5). Enduisez un plat à gratin avec 2 cuillerées à soupe d'huile d'olive.

**4** Égouttez la mie de pain et pressez-la bien entre vos doigts. Mettez-la dans un saladier avec la chair de courgette hachée, le parmesan, les jaunes d'œufs, la poudre d'amandes, le persil ciselé et mélangez bien.

**5** Remplissez les courgettes de cette préparation et rangez-les au fur et à mesure dans le plat à gratin. Arrosez-les avec le reste d'huile d'olive versée en filet, salez légèrement et enfournez. Faites cuire 1 heure environ, en couvrant en cours de cuisson si la surface dore trop rapidement.

**6** Sortez du four et servez directement dans le plat de cuisson.

# Citrons farcis au thon

**POUR 4 PERSONNES**

**4 beaux citrons non traités**

**2 œufs**

**300 g de thon au naturel**

**12 olives noires**

**1 cuill. à soupe pleine de câpres fines**

**3 cuill. à soupe de mayonnaise**

**1 cuill. à soupe de crème fraîche**

**1 cuill. à soupe de basilic ciselé**

**Sel et poivre de Cayenne**

Pour obtenir une garniture légère, mélangez rapidement les ingrédients sans les écraser. Le basilic renouvelle étonnamment bien ce grand classique, mais vous pouvez lui préférer du persil.

**1** Faites durcir les œufs 10 minutes à l'eau bouillante. Refroidissez-les, écalez-les, puis écrasez-les à la fourchette. Conservez 4 olives pour le décor, dénoyautez et hachez les autres.

**2** Lavez et brossez les citrons sous un filet d'eau froide. Essuyez-les soigneusement. Tranchez légèrement la base ronde pour pouvoir les poser debout et coupez un couvercle dans la partie supérieure. Creusez-les avec une cuillère à bord tranchant et récupérez la pulpe. Retirez les petites membranes et réservez-la.

**3** Égouttez le thon. Émiettez-le à la fourchette dans un saladier. Ajoutez la pulpe des citrons, les câpres et les olives, la mayonnaise et la crème fraîche, le basilic, du sel et une pointe de Cayenne, puis remuez rapidement pour lier l'ensemble. Goûtez et rectifiez l'assaisonnement.

**4** Remplissez les coques des citrons de ce mélange en formant un petit dôme, décorez d'une olive et mettez au réfrigérateur jusqu'au moment de servir.

# Blancs de poulet aux herbes

**POUR 4 PERSONNES**

**4 blancs de poulet épais, sans peau**

**80 g de gorgonzola**

**20 g de beurre**

**1 cuill. à soupe d'huile**

**Sel et poivre du moulin**

**Pour le beurre aux herbes :**

**80 g de beurre**

**6 cuill. à soupe de fines herbes ciselées (ciboulette, marjolaine et persil plat)**

**Sel et poivre du moulin**

Vous pouvez aussi envelopper les blancs farcis dans des papillotes et les cuire 15 minutes environ à four chaud (210 °C - th. 7).

**1** Pour le beurre aux herbes, coupez le beurre en morceaux dans un bol et laissez-le ramollir à température ambiante. Malaxez-le avec les herbes, du sel et du poivre, jusqu'à ce que le mélange soit bien homogène. Façonnez un rouleau, enveloppez-le dans du film transparent et mettez-le 20 minutes au réfrigérateur pour le raffermir. Coupez-le en 8 tranches.

**2** Essuyez avec soin les blancs de poulet. Fendez-les en deux dans l'épaisseur, sans séparer les deux moitiés, pour créer une poche.

**3** Coupez le gorgonzola en 4 lamelles. Glissez-en une dans chaque blanc de poulet avec une rondelle de beurre aux herbes, puis fermez l'ouverture avec une pique en bois.

**4** Salez et poivrez les blancs de poulet farcis des deux côtés, puis faites-les revenir à feu modéré dans une poêle, avec le beurre et l'huile, pendant 8 minutes environ, en les retournant à mi-cuisson. Quand le gorgonzola est bien fondu, glissez-les sur un plat chaud et posez aussitôt une rondelle de beurre aux herbes sur chacun, pour qu'elle fonde. Servez aussitôt.

# Pommes surprises aux fraises

Ainsi pochée, la pomme constitue une enveloppe savoureuse pour les fruits rouges : vous pouvez aussi présenter framboises et fraises des bois dans ces coupelles comestibles.

**POUR 4 PERSONNES**

**4 belles pommes (granny-smith ou golden)**

**Le jus de 1 citron**

**200 g de fraises**

**1 kiwi**

**4 feuilles de menthe**

**75 cl d'eau**

**180 g de sucre en poudre**

**1** Mettez 150 g de sucre dans une casserole avec l'eau et le jus de citron, et chauffez doucement en remuant jusqu'à ce qu'il soit complètement dissous. Amenez lentement à ébullition.

**2** Pelez les pommes, taillez légèrement la base pour qu'elles tiennent debout et coupez un couvercle dans la partie supérieure. Creusez-les délicatement avec une cuillère parisienne, en laissant une épaisseur de 1 cm de chair environ sur le tour. Plongez-les aussitôt dans le sirop citronné et faites-les cuire 1 minute à petits frémissements. Égouttez-les, posez-les retournées sur un papier absorbant et laissez-les refroidir.

**3** Lavez les fraises, séchez-les délicatement, puis équeutez-les. Pelez le kiwi. Coupez-les en petits dés, ajoutez le reste de sucre et mélangez-les délicatement.

**4** Remplissez les pommes de cette salade de fruits et mettez au réfrigérateur jusqu'au moment de servir. Décorez avec une feuille de menthe.

# Été

# Crabe farci aux pommes vertes

**POUR 4 PERSONNES**

**2 tourteaux de 500 g environ chacun**

**2 pommes granny-smith**

**1 avocat**

**1 tomate moyenne**

**Le jus de 1 citron**

**10 cl de mayonnaise**

**5 cl de crème fraîche**

**1/2 cuill. à café de concentré de tomate**

**1 cuill. à soupe de cerfeuil ciselé**

**Quelques gouttes de Tabasco**

**Sel**

Ne jetez pas la partie crémeuse contenue dans les carapaces : malaxez-la avec une cuillerée de crème, une pincée de sel et une de cayenne, et tartinez-en des tranches de pain grillé.

**1** Lavez et brossez les tourteaux. Faites-les cuire une quinzaine de minutes à petits frémissements dans de l'eau salée. Égouttez-les et laissez-les refroidir.

**2** Détachez les pattes et les pinces des tourteaux, puis sortez le corps de la carapace. Décortiquez toute la chair et retirez les petits cartilages. Conservez les carapaces, lavez-les soigneusement et séchez-les.

**3** Ébouillantez la tomate pendant 15 secondes. Pelez-la, retirez les graines et coupez-la en petits dés.

**4** Épluchez les pommes, ôtez le cœur et les pépins. Retirez l'écorce et le noyau de l'avocat. Taillez-les en petites lamelles et arrosez-les aussitôt du jus de citron.

**5** Dans un petit saladier, mélangez la mayonnaise, la crème fraîche, le concentré de tomate et le Tabasco. Ajoutez la chair de crabe, la tomate, l'avocat et les pommes, puis remuez délicatement. Goûtez et rectifiez l'assaisonnement.

**6** Répartissez le mélange dans les carapaces vides, couvrez et mettez au réfrigérateur. Parsemez de cerfeuil ciselé au moment de servir.

# Courgettes rondes farcies à la morue et à l'estragon

**POUR 4 PERSONNES**

**8 courgettes rondes**

**4 cuill. à soupe d'huile d'olive**

**Pour la farce**

**300 g de filet de morue**

**4 gousses d'ail**

**10 cl de lait**

**10 cl d'huile d'olive**

**1 cuill. à soupe d'estragon ciselé**

**Sel et poivre du moulin**

Les petites courgettes rondes, que l'on trouve maintenant de plus en plus couramment, sont mieux adaptées que les longues aux préparations farcies : leur forme protège la garniture du dessèchement.

**1** Faites tremper le filet de morue pendant au moins 4 heures dans un grand récipient d'eau froide pour le dessaler, en renouvelant l'eau plusieurs fois. Égouttez-le. Faites-le ensuite pocher 8 minutes dans une casserole d'eau, en restant à la limite de l'ébullition. Égouttez-le et, s'il en subsiste, ôtez toutes les petites arêtes.

**2** Lavez et essuyez soigneusement les courgettes. Coupez un couvercle du côté du pédoncule et taillez légèrement la base pour qu'elles tiennent debout. Creusez-les avec une cuillère parisienne, en laissant une petite épaisseur de chair régulière.

**3** Pour la farce, faites tiédir séparément le lait et l'huile d'olive. Émiettez la morue dans une casserole et chauffez doucement. Incorporez progressivement le lait et l'huile d'olive, en travaillant vivement le mélange au fouet, jusqu'à l'obtention d'une purée lisse et onctueuse. Ajoutez l'ail et l'estragon, poivrez et goûtez avant de saler.

**4** Préchauffez le four à 180 °C (th. 6). Enduisez un moule à gratin avec 2 cuillerées d'huile.

**5** Remplissez les courgettes de la préparation à la morue et rangez-les au fur et à mesure dans le plat. Arrosez-les avec le reste d'huile d'olive, couvrez le plat d'un papier d'aluminium et glissez-le dans le four. Faites cuire 40 à 45 minutes.

**6** Servez chaud ou froid, dans le plat de cuisson.

# Poivrons farcis à la grecque

**POUR 4 PERSONNES**

**4 poivrons verts**

**1 oignon**

**2 gousses d'ail**

**1 quartier de bulbe de fenouil**

**200 g de riz brun**

**50 cl de bouillon de volaille**

**60 g de pignons**

**70 g de raisins secs**

**3 cuill. à soupe d'huile d'olive**

**2 cuill. à soupe de menthe ciselée**

**1 cuill. à soupe de concentré de tomate**

**1 cuill. à café de coriandre moulue**

**Sel et poivre du moulin**

Choisissez des poivrons bien fermes et très brillants. Pour qu'ils ne se défassent pas à la cuisson, ne les remplissez pas trop et ne les mouillez pas. Si vous les arrosez, faites-le avec une matière grasse.

**1** Pelez et émincez finement l'oignon et l'ail. Hachez le fenouil et conservez-en la valeur de 3 cuillerées à soupe. Faites-les fondre ensemble une dizaine de minutes à feu doux, avec l'huile d'olive, jusqu'à ce qu'ils soient tendres et translucides.

**2** Ajoutez le riz et laissez cuire 2 minutes à feu plus vif, sans cesser de remuer. Versez le bouillon, ajoutez le concentré de tomate, les raisins et les pignons, la coriandre, salez et poivrez, puis mélangez et portez à ébullition. Aux premiers frémissements, baissez le feu, couvrez et laissez cuire doucement une quinzaine de minutes, jusqu'à ce que le riz ait absorbé tout le liquide.

**3** Retirez du feu, ajoutez la menthe et mélangez bien. Goûtez et rectifiez l'assaisonnement.

**4** Préchauffez le four à 180 °C (th. 6). Coupez les poivrons en deux dans la hauteur, retirez les graines et les filaments blancs, puis remplissez-les de riz. Rangez-les dans un plat à gratin et versez un peu d'eau dans le fond. Couvrez avec un papier d'aluminium, enfournez et faites cuire 30 à 35 minutes. Servez chaud, dans le plat de cuisson.

# Tomates aux légumes confits

**POUR 4 PERSONNES**

**4 belles tomates, mûres mais fermes**

**1 aubergine moyenne**

**2 petites courgettes**

**1 gros oignon**

**1 petit tronçon de branche de céleri**

**3 cuill. à soupe d'huile d'olive**

**1 cuill. à café de thym**

**Sel et poivre du moulin**

Les légumes confits seront encore meilleurs préparés à l'avance. Garnissez les tomates au dernier moment et, si vous êtes très pressé, ne les pelez pas.

**1** Retirez les fibres du céleri et taillez-le en petits dés. Conservez-en la valeur de 2 cuillerées à soupe. Pelez et hachez l'oignon. Faites-les fondre ensemble, à feu doux, avec 1 cuillerée à soupe d'huile d'olive, pendant 15 minutes environ. Remuez souvent et ne les laissez pas colorer.

**2** Lavez et séchez les courgettes. Supprimez les extrémités et coupez-les en petits cubes. Faites-les revenir une dizaine de minutes à feu doux avec 1 cuillerée à soupe d'huile d'olive, jusqu'à ce qu'elles soient tendres sans s'écraser. Pelez l'aubergine, taillez-la aussi en petits cubes et faites-la revenir de la même façon, avec le reste d'huile d'olive.

**3** Mélangez tous les légumes, salez, poivrez et ajoutez le thym. Laissez refroidir.

**4** Plongez les tomates pendant 20 secondes dans l'eau bouillante, puis égouttez-les. Retirez la peau et coupez un couvercle du côté du pédoncule. Creusez-les délicatement avec une cuillère tranchante et retournez-les sur une grille pour que leur eau de végétation s'écoule.

**5** Remplissez les tomates de légumes confits et servez à température ambiante.

# Moules au basilic et au parmesan

Toute la préparation peut être réalisée à l'avance : il vous suffira de glisser le plat de moules dans le four bien chaud 5 minutes avant de servir.

**POUR 4 PERSONNES**

**48 grosses moules d'Espagne**

**200 g de beurre**

**2 gousses d'ail**

**3 cuill. à soupe de basilic ciselé**

**3 cuill. à soupe de parmesan fraîchement râpé**

**Sel et poivre du moulin**

**Gros sel**

**1** Coupez le beurre en petits morceaux dans un bol et laissez-le ramollir à température ambiante. Épluchez et hachez finement les gousses d'ail ou écrasez-les au presse-ail.

**2** Grattez et lavez les moules sous un filet d'eau courante. Mettez-les dans un faitout, couvrez et faites cuire 3 à 5 minutes à feu vif, en secouant plusieurs fois le récipient, jusqu'à ce que toutes les coquilles soient ouvertes. Laissez tiédir pour pouvoir les manipuler.

**3** Malaxez le beurre à la spatule avec le basilic, le parmesan et l'ail jusqu'à ce que le mélange soit bien homogène. Salez légèrement, donnez quelques tours de moulin à poivre et mélangez à nouveau.

**4** Préchauffez le four à 240 °C (th. 8) et étalez le gros sel dans un plat à gratin.

**5** Enlevez la moitié des coquilles des moules et laissez la chair dans l'autre moitié. Remplissez-les de beurre au basilic et rangez-les dans le plat, en les calant dans le sel. Passez au four 5 minutes et servez aussitôt.

# Aubergines à l'orientale

**POUR 4 PERSONNES**

**2 belles aubergines**

**1 gros oignon**

**1 ou 2 gousses d'ail**

**1 poivron rouge**

**500 g de tomates**

**5 cuill. à soupe d'huile d'olive**

**2 cuill. à soupe de persil ciselé**

**Sel et poivre du moulin**

Cette version des célèbres aubergines farcies à la turque utilise beaucoup moins d'huile que la recette traditionnelle. Si les aubergines sont bien fermes, il n'est pas nécessaire de les faire dégorger.

**1** Essuyez bien les aubergines et retirez la queue. Coupez-les en deux dans la longueur, puis creusez-les en laissant une épaisseur aussi fine que possible sur la peau. Récupérez la chair et coupez-la en cubes.

**2** Pelez les tomates après les avoir plongées 20 secondes dans l'eau bouillante. Épépinez-les et coupez-les en dés. Épluchez et émincez l'oignon. Pelez et écrasez l'ail. Retirez les graines et les filaments blancs du poivron et taillez-le en fines lanières.

**3** Faites fondre l'oignon, le poivron et l'ail une dizaine de minutes à feu très doux, avec 2 cuillerées à soupe d'huile d'olive, sans les laisser colorer. Ajoutez les tomates, salez, poivrez et poursuivez la cuisson à feu un peu plus vif, en remuant souvent, jusqu'à ce que leur eau de végétation soit évaporée.

**4** Dans une autre poêle, faites revenir les dés d'aubergine une quinzaine de minutes à feu modéré, avec 2 cuillerées à soupe d'huile d'olive, en remuant souvent, jusqu'à ce qu'ils soient bien tendres. Mélangez-les aux autres légumes, goûtez et rectifiez l'assaisonnement.

**5** Préchauffez le four à 180 °C (th. 6). Huilez légèrement un plat à gratin.

**6** Remplissez les coques d'aubergines de farce, rangez-les dans le plat et versez un demi-verre d'eau dans le fond. Faites cuire 30 à 40 minutes et retirez du four quand elles sont bien tendres. Laissez refroidir et parsemez de persil au moment de servir.

# Calamars farcis au taboulé

**POUR 6 PERSONNES**

**6 poches de calamars moyens**

**150 g de boulghour**

**Le jus de 1/2 pamplemousse**

**Le jus de 1 citron**

**4 petits oignons nouveaux**

**1/2 concombre**

**2 tomates mûres, mais fermes**

**1 gousse d'ail**

**1 cuill. à soupe de persil plat ciselé**

**2 cuill. à soupe de menthe ciselée**

**1 cuill. à soupe de coriandre ciselée**

**5 cuill. à soupe d'huile d'olive**

**Sel et poivre du moulin**

**Feuilles de laitue pour le décor**

La congélation a tendance à attendrir la chair du calamar : cette préparation est tout à fait adaptée à un produit décongelé. Vous pouvez remplacer le boulghour par de la graine de couscous.

**1** Rincez soigneusement les calamars à l'eau fraîche et séchez-les bien. Faites-les revenir rapidement à la poêle, à feu moyen, avec 2 cuillerées à soupe d'huile d'olive et la gousse d'ail entière, en les retournant plusieurs fois : dès qu'ils sont blancs, ils sont cuits. Salez et poivrez, retirez-les avec une écumoire, posez-les sur un papier absorbant et laissez-les refroidir.

**2** Faites cuire le boulghour une dizaine de minutes à l'eau bouillante salée. Égouttez-le et laissez-le refroidir.

**3** Pour la farce, pelez les tomates après les avoir rapidement ébouillantées, puis épépinez-les. Épluchez le concombre, coupez-le en deux et retirez les graines. Coupez le tout en très petits dés. Épluchez et hachez finement les petits oignons. Réunissez le boulghour, les légumes, les oignons et les herbes dans un saladier. Ajoutez les jus de citron et de pamplemousse, le reste d'huile d'olive, salez, poivrez et mélangez bien.

**4** Remplissez les poches de calamars de taboulé et fermez-les avec des piques en bois. Disposez-les sur un plat recouvert de feuilles de laitue ciselées et mettez au frais jusqu'au moment de servir.

# Pêches aux amandes et à la groseille

Cette préparation convient indifféremment aux pêches jaunes ou blanches, avec cependant une petite préférence pour les dernières, dont la délicatesse contraste mieux avec les groseilles.

**POUR 4 PERSONNES**

**4 grosses pêches**

**50 g de macarons**

**2 cuill. à soupe d'amandes en poudre**

**4 cuill. à soupe de gelée de groseille**

**15 cl de vin blanc moelleux (monbazillac, jurançon)**

**40 g de beurre**

**1** Lavez et essuyez les pêches. Coupez-les en deux et retirez les noyaux. Creusez-les légèrement avec une cuillère tranchante, en laissant une épaisseur de 2 cm de chair environ. Récupérez la pulpe et écrasez-la. Écrasez également les macarons.

**2** Préchauffez le four à 180 °C (th. 6) et enduisez largement un plat à gratin avec la moitié du beurre.

**3** Mélangez les macarons, les amandes en poudre, la gelée de groseille et la pulpe de pêche écrasée jusqu'à l'obtention d'une pâte homogène. Remplissez-en les pêches en formant un petit dôme.

**4** Rangez les pêches dans le plat à gratin, versez le vin dans le fond et répartissez en surface le reste du beurre coupé en petits morceaux. Enfournez et faites cuire 35 minutes environ.

**5** Sortez les pêches du four et laissez-les refroidir. Servez-les à température ambiante, avec un bol de crème Chantilly.

# Automne

# Feuilles de vigne farcies

**POUR 4 PERSONNES**

**12 à 16 feuilles de vigne (fraîches ou en conserve)**

**100 g de riz à longs grains**

**2 cuill. à soupe de pignons**

**2 oignons**

**1 ou 2 gousses d'ail**

**1 cuill. à soupe de menthe ciselée**

**1 cuill. à soupe de persil plat ciselé**

**1/4 cuill. à café de cannelle moulue**

**4 cuill. à soupe de jus de citron**

**4 cuill. à soupe d'huile d'olive**

**25 cl d'eau**

**Sel et poivre du moulin**

Si vous utilisez des feuilles de vigne en conserve, rincez-les d'abord abondamment avant de les ébouillanter.

**1** Épluchez et hachez finement les oignons et les gousses d'ail. Faites cuire le riz 12 à 15 minutes à l'eau bouillante salée, puis égouttez-le.

**2** Plongez les feuilles de vigne, l'une après l'autre, pendant 30 secondes dans une grande casserole d'eau bouillante. Rincez-les à l'eau fraîche, égouttez-les, puis étalez-les sur un papier absorbant, côté nervures vers le haut.

**3** Dans une poêle, faites revenir les oignons et les pignons à feu doux avec 2 cuillerées à soupe d'huile d'olive, en remuant souvent. Quand ils commencent à prendre couleur, ajoutez le riz, les herbes, la cannelle et l'ail. Mélangez bien, laissez cuire quelques instants, puis retirez du feu. Salez, poivrez et versez la moitié du jus de citron.

**4** Farcissez les feuilles de vigne : posez 1 cuillerée de riz près de la queue, repliez les côtés de la feuille sur cette garniture, puis enroulez-la de la tige vers la pointe, en serrant bien.

**5** Rangez les feuilles de vigne dans une cocotte, côté plié en dessous, en les serrant bien. Versez l'eau, le reste d'huile d'olive et de jus de citron, et posez une assiette lourde dessus. Faites cuire à feu très doux pendant 1 heure environ, jusqu'à ce que tout le liquide de cuisson soit évaporé. Laissez refroidir.

# Poulet rôti aux fruits secs et aux amandes

**POUR 4 À 6 PERSONNES**

**1 poulet fermier de 1,5 kg environ**

**150 g de chair à saucisse fine**

**1 oignon**

**1 œuf**

**10 cl de lait**

**30 g de beurre ramolli**

**1 tranche de pain de mie**

**2 cuill. à soupe d'amandes en poudre**

**2 cuill. à soupe de raisins secs**

**80 g d'abricots secs**

**1 grosse pincée de cannelle**

**1 cuill. à soupe de persil plat ciselé**

**2 cuill. à soupe d'huile**

**Sel et poivre du moulin**

Cette farce aigre-douce conviendra également très bien à une pintade ou à des pigeons. Vous pouvez aussi cuire la volaille en cocotte : dans tous les cas, veillez à ce que la température ne soit pas trop forte, pour que la cuisson de la farce et de la volaille soit uniforme.

**1** Retirez la croûte du pain de mie et mettez-la à tremper dans le lait. Coupez les abricots secs en petits dés.

**2** Épluchez et hachez finement l'oignon. Faites-le fondre à feu doux avec 1 cuillerée à soupe d'huile, jusqu'à ce qu'il soit bien tendre. Mettez-le dans un saladier avec la chair à saucisse, les dés d'abricot, la poudre d'amande, les raisins secs et la mie de pain bien égouttée.

**3** Ajoutez l'œuf, le persil et la cannelle, salez, poivrez, puis mélangez longuement pour obtenir une farce homogène.

**4** Préchauffez le four à 180 °C (th. 6) et huilez légèrement un plat à gratin juste assez grand pour y poser le poulet.

**5** Essuyez soigneusement le poulet, salez et poivrez l'intérieur, remplissez-le de farce sans trop tasser, puis fermez l'ouverture avec une pique en bois. Mettez-le dans le plat, enduisez-le largement de beurre, salez et poivrez. Enfournez et faites rôtir pendant 1 heure environ, en retournant plusieurs fois le poulet et en l'arrosant souvent.

**6** Servez à la sortie du four, en coupant la volaille en morceaux et en répartissant la farce entre les convives.

# Falette d'Espalion

**POUR 6 À 8 PERSONNES**

**1,2 kg de poitrine d'agneau désossée**

**1 couenne de porc**

**250 g de lard demi-sel**

**300 g de carottes**

**500 g de vert de bette**

**2 œufs**

**1 gros oignon**

**4 gousses d'ail**

**1 bouquet garni**

**2 cuill. à soupe de persil plat ciselé**

**70 cl de bouillon de volaille**

**Sel et poivre du moulin**

Cette spécialité du Rouergue se prépare également avec de la poitrine de veau. Accompagnez-la de haricots blancs fondants.

**1** Préparez d'abord la farce. Faites cuire le vert de bette pendant 5 minutes à l'eau bouillante légèrement salée, puis égouttez-le dans une passoire et pressez-le très fortement pour extraire le maximum d'eau. Hachez-le au couteau. Passez le lard dans un hachoir à grille fine.

**2** Réunissez tous les ingrédients de la farce dans un saladier, salez, poivrez et mélangez à la spatule jusqu'à ce que l'ensemble soit bien homogène.

**3** Préchauffez le four à 180 °C (th. 6) et posez la couenne dans le fond d'une cocotte, côté gras vers le bas. Épluchez et hachez finement l'ail. Épluchez et émincez l'oignon et les carottes.

**4** Incisez profondément la poitrine dans l'épaisseur pour créer une poche (ou, en l'achetant, demandez à votre boucher de le faire). Salez et poivrez légèrement l'intérieur, puis emplissez-la de farce aux trois quarts. Cousez l'ouverture, sans serrer, avec du fil de cuisine.

**5** Posez la poitrine farcie dans la cocotte, sur la couenne, répartissez les carottes, l'ail et l'oignon autour, puis versez le bouillon. Ajoutez le bouquet garni, couvrez et glissez la cocotte dans le four. Faites cuire 1h30 environ.

**6** Disposez la falette sur un plat chaud, coupée en tranches. Passez le jus de cuisson, faites-le réduire légèrement et servez-le en saucière.

# Champignons farcis à la bordelaise

**POUR 4 PERSONNES**

**80 g de jambon cru**

**4 gros champignons de paris**

**4 petites échalotes**

**3 cuill. à soupe de crème fraîche**

**20 g de beurre**

**3 cuill. à soupe de chapelure**

**3 cuill. à soupe d'huile d'olive**

**2 cuill. à soupe de persil plat ciselé**

**Sel et poivre du moulin**

Pour un plat plus festif, vous pouvez préparer cette recette avec de gros cèpes

**1** Nettoyez soigneusement les champignons. Séparez les pieds des chapeaux et hachez-les finement. Hachez également le jambon.

**2** Pelez et hachez finement les échalotes. Faites-les fondre à feu doux avec 2 cuillerées à soupe d'huile d'olive, jusqu'à ce qu'elles soient translucides. Ajoutez les pieds de champignons hachés et faites-les revenir ensemble à feu un peu plus vif, en remuant souvent. Retirez du feu quand toute leur eau de végétation est évaporée et laissez tiédir.

**3** Préchauffez le four à 210 °C (th. 7) et badigeonnez un plat à gratin avec le reste d'huile d'olive.

**4** Dans un saladier, réunissez les pieds de champignons, la crème fraîche, 2 cuillerées à soupe de chapelure, le persil et le jambon. Salez, poivrez et mélangez bien. Remplissez les têtes de champignons de cette farce et posez-les dans le plat. Parsemez le reste de chapelure en surface et répartissez le beurre en petits dés. Enfournez et faites cuire 15 à 20 minutes. Servez chaud, dans le plat de cuisson.

# Petites rattes aux escargots

**POUR 4 PERSONNES**

**12 petites rattes de 50 g environ chacune**

**3 échalotes**

**3 cuill. à soupe de persil ciselé**

**24 escargots (en conserve)**

**200 g de beurre**

**1 cuill. à soupe d'huile**

**Sel et poivre du moulin**

On mange très souvent les petites rattes telles quelles : vous pouvez parfaitement ne pas les peler.

**1** Coupez le beurre en petits morceaux dans un bol et laissez-le ramollir à température ambiante. Épluchez et hachez finement les échalotes. Rincez les escargots dans une passoire et laissez-les égoutter.

**2** Rincez les rattes et faites-les cuire une quinzaine de minutes à l'eau bouillante salée, jusqu'à ce qu'elles soient tendres quand on les pique avec la pointe d'un couteau. Égouttez-les, laissez-les tiédir et pelez-les. Creusez-les avec une cuillère parisienne, en laissant une épaisseur de chair régulière sur les bords et dans le fond. Si cela est nécessaire, tranchez légèrement la base pour qu'elles tiennent droites.

**3** Malaxez le beurre à la spatule avec le persil, les échalotes, du sel et du poivre, jusqu'à l'obtention d'un mélange homogène.

**4** Préchauffez le four à 240 °C (th. 8) et enduisez d'huile un plat à gratin.

**5** Mettez un peu de beurre persillé dans le creux de chaque petite pomme de terre, puis posez 2 escargots et recouvrez-les de beurre, en tassant pour bien remplir la cavité. Rangez les rattes dans le plat, enfournez et faites cuire 5 minutes environ : le beurre doit juste mousser. Servez aussitôt.

# Pâtissons farcis au jambon cru

**POUR 4 PERSONNES**

**4 pâtissons**

**200 g de jambon cru**

**150 g de champignons de Paris**

**2 échalotes**

**4 cuill. à soupe de crème fraîche épaisse**

**30 g de beurre**

**1 grosse pincée de noix muscade râpée**

**1 cuill. à soupe d'huile**

**Sel et poivre du moulin**

Le goût délicat des pâtissons demande des saveurs fines. Vous pouvez adapter ces farcis en version végétarienne, en supprimant le jambon et en les faisant gratiner avec un peu de gruyère râpé.

**1** Choisissez des pâtissons de taille et de forme régulières. Coupez un couvercle dans la partie supérieure et retirez les graines. Faites-les cuire 5 minutes à l'eau bouillante salée, puis égouttez-les. Évidez-les ensuite avec une cuillère tranchante et récupérez la chair. Hachez-la.

**2** Épluchez les échalotes et nettoyez les champignons. Hachez-les. Retirez la couenne du jambon et passez-le au hachoir ou coupez-le finement au couteau.

**3** Faites fondre doucement les échalotes avec le beurre. Quand elles sont tendres et translucides, ajoutez les champignons et faites-les revenir à feu plus vif, jusqu'à ce que toute leur eau de végétation soit évaporée. Ajoutez la chair des pâtissons, salez, poivrez et laissez cuire encore 2 à 3 minutes en remuant souvent. Mélangez enfin le jambon, la crème fraîche et la noix muscade.

**4** Préchauffez le four à 160 °C (th. 5-6) et huilez légèrement un plat à gratin.

**5** Remplissez les pâtissons de farce et remettez les couvercles. Rangez-les dans le plat, versez un demi-verre d'eau dans le fond et faites cuire 25 minutes environ. Servez à la sortie du four, dans le plat de cuisson.

# Poires à la mousse de mûres

Cassis ou airelles peuvent remplacer les mûres. Si vous préférez les framboises, préparez une mousse sans vin rouge, en faisant fondre la gélatine directement dans le coulis.

**POUR 4 PERSONNES**

**2 belles poires, mûres mais fermes**

**400 g de mûres**

**Le jus de 1 citron**

**20 cl de bon vin rouge**

**230 g de sucre en poudre**

**3 feuilles de gélatine**

**75 cl d'eau**

**1** Mettez 160 g de sucre dans une casserole avec l'eau et le jus de citron, et chauffez doucement en remuant jusqu'à ce qu'il soit complètement dissous. Amenez lentement à ébullition.

**2** Pelez les poires et coupez-les en deux. Retirez le cœur et creusez-les délicatement avec une cuillère parisienne, en laissant une épaisseur régulière de 1 cm de chair environ tout autour. Plongez-les aussitôt dans le sirop citronné et faites-les cuire 1 minute à petits frémissements. Égouttez-les, posez-les retournées sur un papier absorbant et laissez-les refroidir.

**3** Pour la mousse de mûres, faites tremper les feuilles de gélatine dans un bol d'eau froide. Triez les mûres, rincez-les à l'eau fraîche, puis égouttez-les. Passez-les au mixer et filtrez le coulis obtenu à travers une passoire.

**4** Mettez le reste de sucre dans une petite casserole avec le vin et chauffez doucement en remuant jusqu'à ce qu'il soit complètement dissous. Égouttez les feuilles de gélatine, mettez-les dans le vin chaud et remuez pour les faire fondre. Retirez du feu et ajoutez le coulis de mûres. Laissez refroidir.

**5** Quand la mousse de mûres commence à épaissir, remplissez-en les demi-poires. Mettez à prendre au réfrigérateur et laissez au frais jusqu'au moment de servir.

# Hiver

**POUR 6 PERSONNES**

- **1 potimarron de 1,2 kg environ**
- **400 g de jeunes épinards**
- **40 g de beurre + 20 g pour le plat**
- **2 œufs**
- **100 g de parmesan fraîchement râpé**
- **100 g de ricotta**
- **100 g de fromage blanc**
- **1 cuill. à soupe rase d'origan**
- **Sel et poivre du moulin**

# Potimarron à la ricotta et aux épinards

La petite taille de cette variété de potiron permet de l'utiliser entier. Et quand on a goûté à sa chair sucrée, qui rappelle un peu celle de la châtaigne, on n'en choisit plus d'autre…

**1** Brossez soigneusement le potimarron sous un robinet d'eau froide. Taillez légèrement la base pour qu'il tienne debout, puis coupez un couvercle dans la partie supérieure. Retirez les graines à la cuillère et laissez la chair sur l'écorce.

**2** Triez les épinards, lavez-les plusieurs fois, puis égouttez-les. Hachez-les au couteau et faites-les étuver 5 minutes à feu vif avec le beurre dans une grande sauteuse, en remuant sans cesse pour qu'ils s'affaissent et que leur eau de végétation s'évapore. Salez et poivrez.

**3** Réunissez le parmesan, le fromage blanc, la ricotta et les œufs dans un saladier, ajoutez l'origan, salez, poivrez et travaillez l'ensemble à la spatule pour obtenir un mélange homogène.

**4** Préchauffez le four à 150 °C (th. 5) et beurrez largement un plat à gratin.

**5** Remplissez le potimarron de couches successives d'épinards et de fromage, en terminant par du fromage. Remettez le couvercle, posez-le dans le plat beurré et versez un verre d'eau dans le fond. Enfournez et faites cuire 50 minutes environ, en arrosant souvent avec le jus de cuisson.

**6** Servez à la sortie du four, dans le plat de cuisson.

# Chou farci au lard et aux châtaignes

**POUR 6 À 8 PERSONNES**

**1 beau chou vert**

**250 g de petit salé**

**200 g de lard demi-sel**

**1 grande crépine de porc**

**200 g de châtaignes au naturel**

**3 cuill. à soupe de persil plat ciselé**

**1 grande tranche de pain de mie**

**10 cl de lait**

**1 œuf**

**2 oignons**

**2 carottes**

**2 gousses d'ail**

**20 cl de bouillon de volaille**

**20 cl de vin blanc sec**

**3 cuill. à soupe d'huile**

**1 bouquet garni**

**Sel et poivre du moulin**

Le chou reste un des plus symboliques légumes farcis. Beau à présenter entier, il exprime aussi toute la convivialité d'un repas partagé.

**1** Rincez la crépine dans un récipient d'eau froide, sous un filet d'eau courante. Retirez la croûte du pain et faites tremper la mie dans le lait.

**2** Épluchez et hachez les oignons. Pelez les carottes et coupez-les en rondelles. Coupez les châtaignes en petits dés. Hachez le petit salé et le lard.

**3** Parez le chou : coupez le trognon et retirez toutes les feuilles extérieures dures ou flétries. Plongez-le 10 minutes dans une marmite d'eau bouillante salée, puis égouttez-le et laissez-le refroidir. Ouvrez-le en écartant les grandes feuilles, retirez le cœur et hachez-le.

**4** Faites fondre la moitié des oignons et le cœur du chou hachés à feu doux avec l'huile, en remuant souvent jusqu'à ce qu'ils soient bien tendres. Mettez-les dans un saladier avec la mie de pain essorée, les châtaignes et les viandes. Ajoutez l'œuf et le persil, salez, poivrez et malaxez bien le tout.

**5** Égouttez la crépine et étalez-la sur le plan de travail. Posez le chou dessus, mettez une grosse cuillerée de farce au cœur et reformez-le : rabattez les feuilles l'une après l'autre vers le centre, en glissant la farce entre, au fur et à mesure. Enveloppez le chou avec la crépine et liez-le sans serrer avec de la ficelle de cuisine.

**6** Mettez le chou dans une cocotte, répartissez les carottes et le reste des oignons autour, puis ajoutez les gousses d'ail entières et le bouquet garni. Versez le bouillon et le vin blanc, et faites cuire 1h30 à 2 heures à feu très doux.

**7** Retirez la ficelle et la crépine, et servez dans un plat chaud. Coupez le chou en quartiers.

# Tomates farcies au curry

Les couvercles évitent que la farce ne dessèche. Si vous ne les remettez pas, couvrez les tomates avec un papier d'aluminium avant de les glisser dans le four. Arrosez-les souvent avec leur jus de cuisson.

**POUR 4 PERSONNES**

**300 g de chair à saucisse fine**

**4 grosses tomates rondes**

**2 petits oignons**

**3 échalotes**

**2 cuill. à soupe de coriandre ciselée**

**1 œuf**

**5 cuill. à soupe d'huile d'olive**

**1 cuill. à soupe de curry**

**Sel et poivre du moulin**

**1** Lavez et essuyez les tomates. Épluchez et hachez finement les oignons et les échalotes.

**2** Coupez un couvercle dans le haut des tomates, du côté du pédoncule, puis creusez-les avec une cuillère tranchante. Retournez-les ensuite sur une grille pour que leur eau de végétation s'écoule. Conservez la chair et taillez-la en petits dés.

**3** Faites fondre les oignons et les échalotes à feu doux avec 2 cuillerées à soupe d'huile d'olive, en remuant souvent, jusqu'à ce qu'ils soient tendres et translucides. Ajoutez la chair des tomates et poursuivez la cuisson quelques minutes à feu plus vif pour que toute l'eau s'évapore et qu'il ne reste qu'une purée épaisse.

**4** Préchauffez le four à 180 °C (th. 6) et enduisez un plat à gratin de 1 cuillerée à soupe d'huile.

**5** Réunissez la chair à saucisse, la purée de tomates et l'œuf dans un saladier. Ajoutez le curry, la coriandre, salez et poivrez, puis mélangez pour obtenir une farce bien homogène. Remplissez-en les tomates, remettez les couvercles et rangez-les côte à côte dans le plat. Arrosez-les avec le reste d'huile d'olive, enfournez et faites cuire pendant 1 heure environ, en arrosant fréquemment avec le jus de cuisson.

**6** Servez à la sortie du four, dans le plat de cuisson.

**POUR 4 PERSONNES**

**4 belles pommes de terre**

**150 g de ricotta**

**150 g de fromage de chèvre frais**

**60 g de parmesan fraîchement râpé**

**6 cuill. à soupe d'huile d'olive**

**4 cuill. à soupe de basilic frais + 8 feuilles pour le décor**

**Sel et poivre du moulin**

# Pommes de terre aux trois fromages

N'enveloppez pas les pommes de terre pour les cuire : la peau ramollirait au lieu de devenir croustillante et vous ne pourriez les utiliser comme coques ensuite.

**1** Préchauffez le four à 210 °C (th. 7).

**2** Choisissez des pommes de terre de forme et de taille régulières. Lavez-les à l'eau froide, séchez-les bien, puis faites-les cuire 40 à 50 minutes selon leur taille, jusqu'à ce que la peau soit brune et croustillante et la chair moelleuse sous la pression. Laissez-les tiédir, puis coupez-les en deux dans la longueur et creusez-les à la cuillère pour ne conserver que les coques de peau rôties. Baissez la température du four à 180 °C (th. 6).

**3** Mettez la pulpe des pommes de terre dans une terrine avec la ricotta, le fromage de chèvre, le parmesan, 4 cuillerées à soupe d'huile d'olive + ail et le basilic. Salez, poivrez et malaxez l'ensemble à la fourchette ou à la spatule pour obtenir un mélange homogène.

**4** Remettez la farce dans les coques et posez-les dans un plat à gratin. Arrosez-les avec le reste d'huile d'olive versée en filet et remettez à chauffer dans le four pendant une dizaine de minutes.

**5** Servez directement dans le plat de cuisson, en décorant chaque part d'une feuille de basilic.

# Oignons farcis à l'italienne

**POUR 4 PERSONNES**

**4 gros oignons**

**200 g de chair à saucisse**

**2 cuill. à soupe de crème fraîche**

**50 g de parmesan fraîchement râpé**

**2 feuilles de sauge**

**1 cuill. à café de vermouth blanc sec**

**1 grosse pincée de noix muscade râpée**

**1 cuill. à soupe d'huile d'olive**

**Sel et poivre du moulin**

Si vous servez ces oignons en entrée, prévoyez-en un par personne. En plat principal, comptez-en deux ou trois selon l'appétit de vos convives et accompagnez-les d'une salade.

**1** Pelez les oignons et faites-les cuire 15 à 20 minutes à la vapeur ou à l'eau bouillante salée, jusqu'à ce que la pointe d'un couteau les transperce facilement.

**2** Préchauffez le four à 160 °C (th. 5-6) et huilez légèrement un plat à gratin juste assez grand pour contenir les oignons.

**3** Coupez un couvercle dans la partie supérieure des oignons, puis évidez-les en laissant 1 ou 2 épaisseurs de feuilles sur le tour. Récupérez la pulpe et hachez-la.

**4** Réunissez la chair à saucisse, la pulpe des oignons, la crème fraîche, le parmesan, la sauge et le vermouth dans un saladier. Ajoutez la noix muscade, salez et poivrez, puis mélangez bien.

**5** Garnissez chaque oignon de farce en faisant un petit dôme, remettez les chapeaux et disposez les oignons côte à côte dans le plat. Versez 3 cuillerées à soupe d'eau dans le fond et faites cuire 40 à 45 minutes.

**6** Servez à la sortie du four, dans le plat de cuisson.

# Carré de porc farci à la paysanne

**POUR 6 PERSONNES**

**1 kg de carré de porc désossé**

**150 g de chair à saucisse**

**150 g de poitrine de porc demi-sel**

**2 œufs**

**100 g de mie de pain**

**10 cl de lait**

**4 échalotes**

**4 gousses d'ail**

**2 cuill. à soupe d'huile**

**20 cl de vin blanc sec**

**20 cl de bouillon de volaille**

**3 cuill. à soupe d'herbes ciselées en mélange (romarin, persil, sauge, origan)**

**Sel et poivre du moulin**

La cuisson douce et longue préserve le moelleux de la viande. Servez-la chaude ou froide et accompagnez-la d'une salade de haricots verts tièdes, assaisonnée à l'huile de noix et garnie de quelques cerneaux.

**1** Retirez la couenne de la poitrine de porc et passez cette dernière au hachoir. Faites tremper la mie de pain dans le lait. Pelez et hachez finement les échalotes.

**2** Dans une terrine, réunissez la chair à saucisse, la poitrine hachée, la mie de pain égouttée, les œufs, les échalotes et les herbes. Salez, poivrez, puis travaillez l'ensemble avec une cuillère en bois pour bien amalgamer les ingrédients.

**3** Essuyez bien le carré de porc. Incisez-le profondément sur presque toute sa longueur, de manière à créer une poche. Remplissez-le de farce, puis recousez l'ouverture, sans serrer, avec du fil de cuisine.

**4** Préchauffez le four à 150 °C (th. 5).

**5** Dans une cocotte, faites dorer la viande à feu assez vif avec l'huile, en la retournant plusieurs fois pour la colorer sur toutes ses faces. Ajoutez les gousses d'ail entières, versez le vin blanc et le bouillon, puis couvrez. Enfournez et faites cuire 2 heures environ, en retournant la viande et en l'arrosant de temps en temps avec le jus de cuisson. Servez coupé en tranches.

# Dattes fourrées aux noix

**POUR 24 DATTES**

**200 g de pâte d'amandes**

**24 cerneaux de noix**

**Sucre cristallisé**

**20 cl d'eau de fleur d'oranger**

**200 g de sucre glace**

Vous pouvez remplacer les noix par des amandes mondées… ou vous contenter de la pâte d'amandes. Pour conserver ces dattes, rangez-les dans une boîte hermétique.

**1** Incisez les dattes dans la longueur, sans séparer les deux moitiés, et retirez les noyaux.

**2** Façonnez la pâte d'amandes en un long cylindre, puis coupez-la en petits tronçons de même longueur que les dattes.

**3** Glissez un petit morceau de pâte d'amandes dans chaque datte, puis posez un cerneau de noix et appuyez fortement pour le faire adhérer.

**4** Étalez du sucre cristallisé dans une assiette et roulez-y les dattes l'une après l'autre. Mettez-les au fur et à mesure dans des caissettes en papier plissé.

**5** Si vous préférez glacer les dattes, ne les roulez pas dans le sucre. Versez le sucre glace dans une petite casserole avec l'eau de fleur d'oranger et chauffez doucement en remuant jusqu'à ce qu'il soit complètement fondu. Portez à ébullition, faites cuire 1 à 2 minutes à petits frémissements, puis retirez du feu. Saisissez les dattes l'une après l'autre en les piquant sur une pointe fine et plongez-les rapidement dans le sirop chaud. Mettez-les à refroidir sur une grille.

# Index

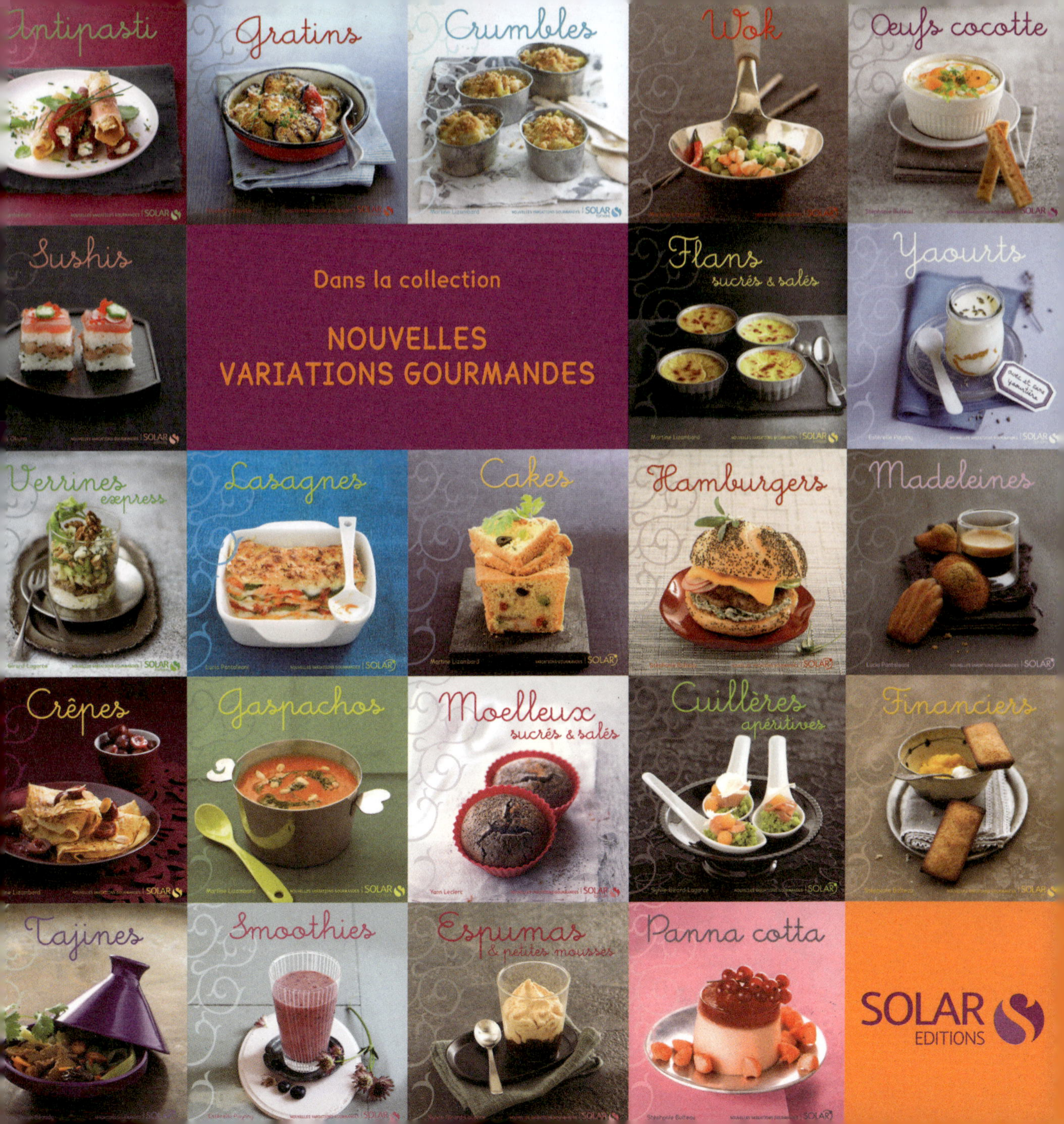
Antipasti
Gratins
Crumbles
Wok
Oeufs cocotte
Sushis
Dans la collection
NOUVELLES VARIATIONS GOURMANDES
Flans sucrés & salés
Yaourts
Verrines express
Lasagnes
Cakes
Hamburgers
Madeleines
Crêpes
Gaspachos
Moelleux sucrés & salés
Cuillères apéritives
Financiers
Tajines
Smoothies
Espumas & petites mousses
Panna cotta
SOLAR EDITIONS